Al piccolo grande Leo,
esploratore del mondo di domani

Andiamo
a salvare
Balena Blu

Balena Blu è una grande mangiona,
che non ha paura di diventare grandona.
Ingoia pure una bottiglia a furia di mangiare.
E presto il mal di pancia inizia ad accusare.

Balena Blu soffre tanto e sta così male
che Gabbiano Seagull la veglia al suo capezzale.
Ma presto si preoccupa a sentirla singhiozzare,
e Foca Seal in aiuto decide di chiamare.

Foca Seal si sveglia sul pontile
e così conclude la sua nottata:
"Sono forte, sono gentile,
e oggi sarà una buona giornata".

Gabbiano Seagull è molto preoccupato:
"Balena Blu della plastica ha abboccato".
E a fare presto Foca Seal così incoraggia:
"Dobbiamo fare in fretta, mannaggia!"

Foca Seal la barca arma veloce;
scalda la voce;
si mette al timone;
e intona una canzone.

"Salviamo Balena Blu,
la plastica non le va né su né giù.
Che sole, che mare,
quanto è bello navigare!"

Foca Seal, determinata nel suo scopo,
due virate e tre bordi dopo,
è prontamente giunta sul posto.
E subito capisce che nulla è a posto!

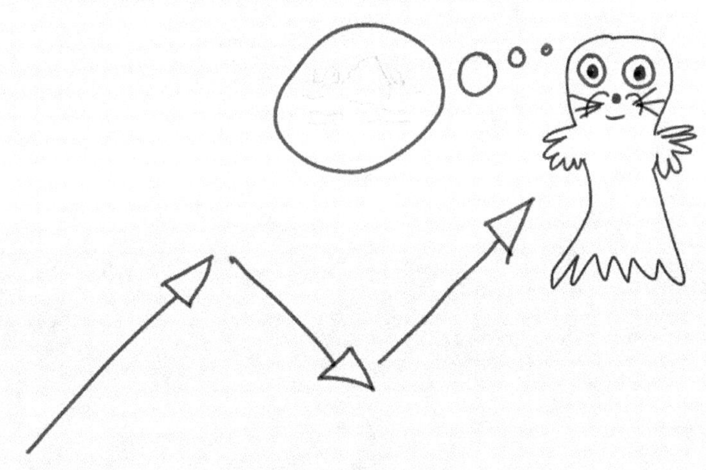

Così prende una canna, dà volta alla cima
e il gesto del pescatore mima.
Balena Blu con la bocca spalancata,
in un battibaleno viene liberata.

Foca Seal torna col barchino
e la bottiglia getta nel cestino.
Perché la plastica libera di vagare
non bisogna mai lasciare!